小年獸
出任務

文/ 蠟筆哥哥　　圖/ Raph.K

今天是我第一次下山，
老爸說，這一天對我們年獸一族很重要，
要我一定得完成這個任務！
可是我真的好害怕。

要小心人類、 要小心紅色、
要小心鞭炮……
下山指南我都背下來了，
但真的有用嗎？

下山指南

注意1 人類是恐怖的怪物！

注意2 紅色的東西會讓你眼睛痛！

注意3 鞭炮的巨響會讓你耳朵痛！

紅色的人類害我眼睛好痛！

人類一直嚇我，
怎麼辦啦！
咦？我的指南呢？

哎呀！我怎麼忘了媽媽說要先裝扮成奇怪的人類。

這樣……沒問題了吧？
接下來，得趕快去那裡
才行！

就是這裡了！

好……好多人……
好恐怖……

應該沒有人類注意到我吧？

我ㄨㄛˇ都ㄉㄡ打ㄉㄚˇ扮ㄅㄢˋ成ㄔㄥˊ這ㄓㄜˋ樣ㄧㄤˋ了ㄌㄜ，
他ㄊㄚ怎ㄗㄣˇ麼ㄇㄜ還ㄏㄞˊ拿ㄋㄚˊ鞭ㄅㄧㄢ炮ㄆㄠˋ嚇ㄒㄧㄚˋ我ㄨㄛˇ？
我ㄨㄛˇ想ㄒㄧㄤˇ回ㄏㄨㄟˊ家ㄐㄧㄚ了ㄌㄜ啦ㄌㄚ……
嗚ㄨ嗚ㄨ……

但是，就快完成任務了！

年貨大街

糟糕！
我會被發現的……

喔ㄛ，你ㄋㄧˇ就ㄐㄧㄡˋ是ㄕˋ新ㄒㄧㄣ來ㄌㄞˊ的ㄉㄜ˙舞ㄨˇ獅ㄕ吧ㄅㄚ！造ㄗㄠˋ型ㄒㄧㄥˊ好ㄏㄠˇ新ㄒㄧㄣ潮ㄔㄠˊ啊ㄚ！

快點ㄎㄨㄞˋ ㄉㄧㄢˇ！ 開始了ㄎㄞ ㄕˇ ㄌㄜ˙！

舞ㄨˇ獅ㄕ？ 不ㄅㄨˊ是ㄕˋ……

哇，好帥的舞獅！

新ㄒㄧㄣ來ㄌㄞˊ的ㄉㄜ˙，
你ㄋㄧˇ表ㄅㄧㄠˇ現ㄒㄧㄢˋ得ㄉㄜ˙很ㄏㄣˇ好ㄏㄠˇ嘛ㄇㄚ！

或ㄏㄨㄛˋ許ㄒㄩˇ……

人ㄖㄣˊ類ㄌㄟˋ沒ㄇㄟˊ有ㄧㄡˇ那ㄋㄚˋ麼ㄇㄜ可ㄎㄜˇ怕ㄆㄚˋ！

太陽下山了，
不過我一點也不累，
好期待趕快回到家！

今天是所有年獸一族團圓的日子，是最棒的一天！

我最喜歡這個了！

好ㄏㄠˇ美ㄇㄟˇ喔ㄛ～

明ㄇㄧㄥˊ年ㄋㄧㄢˊ我ㄨㄛˇ還ㄏㄞˊ要ㄧㄠˋ下ㄒㄧㄚˋ山ㄕㄢ去ㄑㄩˋ！

作者的話

你喜歡過年嗎？我很喜歡過年喔。對孩子來說，過年很開心，因為他們會得到許多的壓歲錢，能買他們喜歡的玩具，不過呀……過年才不是只有拿紅包而已，還有許多更重要的事情！

在這本書裡，我特地用小年獸作為主角，希望以孩子的視角來認識過年的大小事情。小年獸的任務是什麼呢？看到最後的你一定知道了，他的任務是去年貨大街採買年貨。如果跟孩子說要去年貨大街，他們一定很期待，但對於一隻年獸來說，這可就不好玩了，因為他將會看到紅色的春聯、聽見吵雜的鞭炮聲，還會見到從未見過的人類！但是勇敢的小年獸最後還是克服恐懼，達成任務了。

蠟筆哥哥想問問小朋友們，你有害怕的東西或事情嗎？像是害怕某種動物、害怕上台說話……如果有的話，你可以學習書裡面的小年獸，本來他有好害怕的事情，但是因為想完成任務，也想看看熱鬧的年貨大街，決定鼓起勇氣嘗試看看，嘗試後才發現其實並沒有想像中可怕、困難！

達成任務的小年獸帶了各式各樣的年貨回家，你有發現這些年貨是在哪個攤販採買的嗎？可以翻回前面找一找，會發現原來小年獸害怕之餘，完全沒忘記該採買的東西呢。接著重頭戲來了，是什麼呢？原來年獸一族也要吃團圓飯啦！

這個溫馨的結局告訴孩子，也提醒著大人：過年最有意義的事情不是買年貨、拿紅包，也不是吃飯，而是和家人相聚，度過美好時光。

蠟筆哥哥

動手做做看

過年最重要的不是吃什麼、做什麼，而是和重要的人團聚在一起，一起度過！
動手做一張賀年卡片給重要的家人或朋友，傳達心意吧！

掃 QR CODE 來親手做一張賀年卡！

新年快樂